あやとり

小泉和貴子句集

青磁社

序文

山口 昭男

和貴子さんとの出会いは、かなり昔。そう、「青」の時代でした。はじめて「青」のあした葉句会に参加されたことを思い出します。きっかけは、和貴子さんの小学校の担任だった片山蛍石さん（「斧」に所属されています）に勧められたということでした。その「青」時代の作品が第一章の「煮凝」に収められています。

これがまた明日の朝には煮凝りて

一九九一年四月号の「青」の雑詠注目句として爽波が取り上げた句です。この句からもわかるように、たいへん素直な俳句となっています。初めてであれば難しい言葉や表現を使わなければという既成の知識で作りがちなのですが、それがない。ただ残念なのは、爽波がこの句をどう考えて取り上げたのかが書かれていないこと。この時代から注目句に対する選評「選後に」の頁がなくなってしまっていたからです。

和貴子さんが俳句を始めようとしたのは小学校教員になって数年のことだったと記憶しています。私も若く、和貴子さんも若かった。そのため、爽波はなみなみならぬ期待をかけたのです。なんとか「青」に馴染むようにと私にも連絡してきたほどでした。

この章には

二つ枯れ二つまた咲く花菖蒲
浴衣着て気恥づかしさのあるはあり
つつかけで出て台風の来る準備

というように、和貴子俳句の原点となっているなんの衒いもない作品が並んでいます。このものの見方に濁りが無いというのは、俳句初心としてはたいへん貴重なこと。よいスタートだったと言えます。

ところが、間もなくして「青」は終刊となってしまいます。次の学ぶ場を探したのでしょうが、残念ながら爽波以上の俳人を見つけ出すことが出来なかった。そこが正直なところでしょう。ここから数十年、俳句を離れます。

その和貴子さんが「秋草」にやってきます。俳人が自分の場を決めるという時には、ある出会いがあります。和貴子さんの場合はご主人がその場を作ったのです。「秋草」の表紙絵を描いてくださっているご主人の和見さんは、私の仕事仲間でした。仕事場も同じだった頃、時々俳句の作品を見せていました。その和見さんに拙著『波多野爽波の百句』（ふらんす堂）を送ったことが、俳句を再開しようというきっかけになったようでした。やはり若い頃に出会った俳句の世界に浸ることの心地よさが忘れられなかったのでしょう。二〇二〇年六月号の「秋草」から新たな気持ちで俳句にかかわってゆくことになります。

「からくり人形」の章です。

囀や好みの三色ボールペン

この句から「秋草」での和貴子俳句は始まりました。「秋草草子」に取り上げ、そのよさを「秋草の小径」に綴りました。

「季語の離れ方がほどよいです。この感覚を体感することは難しいのですが、それがすらりと身についている。次のチャレンジは、たくさん作ってゆくこと。成否を考えずにひたすら作句に勤しむ時間を楽しんでください。」

長い間のブランクを感じさせない作品となっています。そのために次の課題を提示し、励ましました。すると、すぐさま個人句会の参加を希望し、八月六日から週一回十句の「鮎句会」が始まりました。その一回目の句稿です。

鉢重ね置く所から灸花

夫乗らぬバイクに灸花からむ
隠居所の塀より百日紅こぼる
色白を褒めし大家の百日紅
マゼンタのインク足しけり百日紅
塩ふりてさらに絹布のごとき鮎
冷や麦も酒も緑茶も蕎麦猪口で
生け垣はへくそかづらに乗つ取られ
塀の外ゴーヤ八本ぶら下がる
公演の中止の知らせ蟬時雨

もちろん『あやとり』には掲載されていません。それでも貴重な作品だと思い、全句を掲げました。六句目の鮎の句から個人句会の名前を決めたことも覚えています。九句目に対して「よいと思います。ただ、『外』は不要です」と記したことも。この毎週の「鮎句会」が二百回へと続いてゆきます。たゆまぬ努力、見えない頑張りがあってこその和貴子俳句なのです。

さてこの章では

知らぬ間に歩調が合ひぬ夕桜
茉莉花や幽明の際歩きつつ
大正の泡とぢこめし金魚玉

の三句を秋草草子で取り上げて、賞讃しています。それぞれ見たもの感じたことをストレートに詠んでいる。そこがよいのです。俳句はこうあるべきだという決めつけが無いというのも読んでいて気持ちがよい。

田の煙ゆるまず丹波時雨かな

二〇二一年の「秋草」二月号作品。この句について次のように評しました。「地名が一句の中で生き生きと働いている句は、少ない。そう考えると、この丹波という場所は見事です。丹波は米や豆など農作物の豊かに育つ地域です。その田圃の煙、そして時雨。すべて景がくっきりと描けます。『丹波時雨』という言葉もいいなあと思います。」

短い期間で地名が生きた作品を得ることができています。実際丹波での時雨の出合いがこの句になったのでしょう。現場での作品には力があります。

「卜音記号」の章へ入ります。

八重桜空で毬つきできさうな
星月夜卜音記号を先づ書きぬ
虎落笛今夜は長き夜になる
小硯をまあるく磨りて女正月

さらに自由になって来ているのがわかります。その上に季語へのやわらかな接近も感じられ、俳句とのよき関係が出来上りつつあります。句会ではいつも四苦八苦している姿を見せている和貴子さん。「よくわからないです」を繰り返しながらも、一歩一歩歩みを進めています。

「東亜ロード」です。
この章名になっている句が

東亜ロードゆつたりくだる三鬼の忌

神戸っ子の和貴子さんならではの句です。三宮の中心街から少し離れたといってもレストランや洋服屋、貴金属店が並ぶ神戸らしい坂道。そこに西東三鬼が住んでいたこともまた、事実です。海風を受けながら三鬼を思い、坂を下る。神戸の俳人としては最高のシチュエーションです。

そして、この章の圧巻。二〇二三年の「秋草」三月号の秋草集の第二席となった

縄跳のもはや縄とはいへぬ音

です。この句に対して「縄跳びを回し続けると音の変化に気がつきます。縄と土とのふれ合う音が最初です。だんだん速さを増してくるとそこに空気の摩擦音が加わります。最後は音が聞こえなくなるということも体験しました。こうなればもう縄ではないですね。掲句は縄跳の速さや激しさを直接詠ってはいませんが、そのことが強く伝わってきます。」と記しました。ここまで大胆に表現できるということは、ある意味突き抜けたと言ってもよいでしょう。これだという直感を信じて句作りに没頭する。そんな時間が生きたように思います。

開きたる戸口を右へ虚子忌かな

枇杷食らふ汁は中指から垂れて
短日や猫はいつもの塀を行く
あやとりの赤き梯子や女正月
グローブの型のカステラ水温む

これらの句からもそれは明白です。忌日の季語への憧れ。物を具体的に見て描く。師爽波へのオマージュ。季語との鋭い取り合わせ。自由闊達へと進んでいます。

いちはつを子規の目で見る日の来たる

最後の章「東経百三十五度」の句です。すべての俳人はいつかはこの目を持つのだと思っています。それをずばりと言い放ったところが尊い。子規の目を持てば、どんなものでも俳句という詩になってゆきます。

弁当の梨は二段目左端
芋虫がみんな可愛く見ゆる日よ
返り咲く蒲公英を見て教室へ

調律の打音冬の空が青い
火事跡の教室の亀生きて有り
皆死なぬやうな顔して猫柳

句集『あやとり』は明確に和貴子俳句の進展を示してくれています。この歩みから我々が学ぶことは多い。その一番は、諦めないこと。信じたことを続けてゆくとの大切さを物語ってくれている一書です。一人の俳人としてしんどいところを乗り越えて一つの形あるものに仕上げたということは貴い。俳句との懇ろな関係を築き上げて来た道のりが『あやとり』なのだと言っても過言ではないでしょう。

この句集上梓を「秋草」の仲間たちといっぱいの笑顔で祝いたい。そんな気持ちが、今、湧き上がってきています。
『あやとり』の表紙絵と挿絵を描いてくださった和見さんと共に。

和貴子さん、おめでとう。

令和六年七月　　裏六甲の蜩の声を思い出しながら

あやとり＊目次

句集　あやとり

煮凝

雪降る日新しき靴買ひ来たる

大寒や夕餉のしたくとゝのへり

どんよりと曇りし朝に鳴く雲雀

春筝ややはらかくあり苦くあり

腕時計はづす紫雲英草のテーブルに

訪ね来し母は豌豆たいてをり

緋目高の中に目高の混じりをる

二つ枯れ二つまた咲く花菖蒲

浴衣着て気恥づかしさのあるはあり

右左ともに鳴き止む法師蟬

ゆっくりと羽根開き閉ぢ秋の蝶

初めての朝顔の花雀色

25　煮凝

よろよろと自転車の子に秋の暮

つつかけで出て台風の来る準備

台風の来る夜かはらず本を読み

石蕗の花さかりと咲けど日陰かな

ぬぎすてしセーターまるくふくらみぬ

一人の夜のどに冷たき蜜柑かな

ひとつきの咳で口数減りにけり
これがまた明日の朝には煮凝りて

どこを見るでもなき人の噓かな

ソックスの白き足首草萌ゆる

かさだかき雛の箱持ち心浮く

老夫婦間に大き雛箱や

青饅を覚えし今に父はなく

月朧産後の腕に黒子増え

坂下りて竹秋の風吹き過ぎぬ

浅蜊には浅蜊らしさの塩加減

きのふより今日げんげ田の色の濃き
肩あらはなる服を着て凌霄花

三叉路の角の一つに立葵

古新聞奥におかれし梅酒かな

凌霄のゆれて夜中の大くしやみ

草捨て場蟋蟀の子の白き帯

もろこしの雄花風吹く祇園かな

卵殻並べてありし鳳仙花

残されし母の剪りたる白桔梗
せつかくのお顔拝めず萩の花

男物上着はおりて夜の長き

二階家のたたみゆるがす野分かな

酔ひたくて飲み酔へずしてちちろ鳴く

どの部屋もみな広く見ゆ夜寒かな

からくり人形

囀や好みの三色ボールペン

日の本のみくじ結ぶがごと辛夷

ジャズライブトレモロゆるむ春夜かな

オルゴール聞き入る嬰児と春蘭

アメリカへ帰る弟黄水仙

電柱の天辺の影囀りぬ

木々ごとに丸み弾けて山笑ふ

四種混合注射の腫れや霾ぐもり

知らぬ間に歩調が合ひぬ夕桜

中空の乾きし音や竹の秋

葱坊主堂々空へ立つてゐる

口欠けし瓶子に挿せり都草

翡翠や波紋を残し元の枝

老夫婦ばかりになりぬ溝浚

珈琲の蘊蓄を聞く蛇の衣

葉先からスピンのかかる竹落葉

茉莉花や幽明の際歩きつつ
ラジオから流れる唱歌合歓の花

老鶯や雫にうつる濃き緑

姫女苑停止線濃くひかれをり

日盛や橋を隔てて店二軒

背表紙の色とりどりに五月雨

黒南風や午前は辞書を手離せず

刻々と海は萌黄へ梅雨晴れ間

翡翠や小さき波紋へ突つ込みぬ

射干や指ゆつたりとピアノ弾く

大正の泡とぢこめし金魚玉

大腸のポリープ三つ蛇苺

一葉の表も裏も蟬の殻

ものさしで鱧の長さをはかりをり

蚊の羽音して起き抜けの水一杯

柚子坊の葉の中央で動かざる

マンモスの群れ来るごとく真葛原

赤のまま修正液で文字消しぬ

片方づつ触角動く蚉蟖

蚉蟖洗濯板でシャツ洗ふ

「今日初めて喋った」と母秋の暮
門口の小さきサンダル野分去る

明け残る三日月今日は君と逢ふ

秋日濃しホルンの音のくぐもりて

花梨の実拾ふ水族園の午後

ぎす鳴くやからくり人形口赤し

蟷螂を持てるか否か囃しをり

残る蚊の目玉くつきり見えてをり

新米や無口な母と弟と

田の煙ゆるまず丹波時雨かな

スリッパを揃へて冬のあたたかし

光背の如き冬木の枝であり

石蕗の花葉の縁に黄をこぼしけり

花柊日の隙間から匂ひ来る

紅白の山茶花を過ぎ経納む
柚子入れて湯色ほのかに青くなり

長き髪編み込んでゐる聖夜かな

御降りや緑の電車濡らしつつ

来年もこの独楽打つと言うて去り

仕切り越しぽつぽつ話す寒灸

消灯の後に冷たき風の来る
目覚めれば点滴に冬青空の色

本堂を出て冬坂を歩きけり

玉霰五輪の塔へ降りかかる

北窓を開ければ六法全書あり

巫の束ねし髪に春日差す

学校の昼の放送水温む

いつの間にここは勿忘草の庭

六地蔵過ぎて春山ぬかるみぬ

ほらここに鼻突き合はす蠟弁花

ト音記号

客間今寝所となりて豆の花

春時雨庭は石から濡れてゆき

菜の花へ一筋風の通りたり

スイートピー部屋の空気の透きとほる

春草を束ねて牛乳瓶に挿し

連翹の被さる門を出でにけり

先生と呼ばれし人と花の下
春の宵高架電車の窓明り

木々は皆芽吹煙管の金の口

八重桜空で毬つきできさうな

高原のトランペットや夏来る

睡蓮の十字に花弁ほどけゆく

この家の娘は女優鉄線花

白あやめ喉を冷水過ぐるやう

階へ花アカシアの白き房

ぐしぬひのあとある蛍袋かな

もちの花仏足石へ散り敷きぬ

欲も無く争ひもなく心太

水流るる方へ傾き黄萱咲く

アトリエの白き彫刻田水張る

梔子の花咲き遠く海を見る

蕎麦刻む音して梅雨の晴間かな

沢庵をつまみて暫し苔の花

色白を褒める家主や梅筵

凌霄花櫂の動きの揃ひけり

嬰児の透明な息レース編む

星月夜ト音記号を先づ書きぬ

くづれおちさうな土塀や盆の月

踊り出しそは阿波人となりにけり

酒蔵の赤き土壁新松子

つつかけで来て耳打ちを藤袴

草の花震へる文字で来る葉書

秋黴雨絨毯の赤深まれり

仏壇の栗は毬よりこぼれ落ち

灰色の石段秋の蜆蝶

昼深き文学館の赤のまま

喧嘩してゐる場合かと秋の雷

断れぬことの多くて水引草

屁理屈も理屈と言うて花煙草

西側のそこは鶏頭咲くところ
とろろ汁すする男の丸眼鏡

灯消し湯につかりけりすがれ虫

ランドルト環秋は斜めから暮れゆく

口閉ぢて小さく丸くなる海鼠

石蕗咲いて音にゆがみのあるピアノ

まだ欠けしままの月光柳葉魚焼く

そこだけに陽のあたりたる花八手

虎落笛今夜は長き夜になる

冬日和旅先で読む手紙かな

松飾るホットミルクの膜の皺

乾きたる羽子の音届く厨口

右側のまなじりへ吹く隙間風

寒菊の門出て野辺の送りかな

まどろみのむかうに冬の空うすく

寒波来るベッドの上で聞くラジオ

小硯をまあるく磨りて女正月

天主堂より冬の海冬の山

殉教の二十六名シクラメン
気の遠くなるやうな息をして春

母無くて育ちし人や細魚食ふ

かつてここに我家のありて猫柳

もうほどけさうな白梅経唱ふ

亡き母に似てゐる夫とチューリップ

東亜ロード

真っ黒き犬と少女と紅梅と

菜の花の真ん中にある苫屋かな

桃色の春セーターやカメオ買ふ

開きたる戸口を右へ虚子忌かな

梅林へ入る真珠の耳飾

初つばめ石鎚山の方角へ

春愁や砂洲蒼々と広がりて
一筋の水の流れや蝶生まる

阿弥陀仏南無阿弥陀仏馬酔木咲く

琴糸の張り確かめて今年竹

芍薬に顔半分を埋めをり

御逮夜の布巾を干せり花すだち

蔓薔薇の花はそつぽを向いてをり

紫陽花やホルモンを焼く匂ひして
とうしみとなりてこの世に戻りたし

十薬や更地に赤き線引かれ

藻の花のほとりに京のことばかな

グラジオラス私は好きよ母は言ふ

枇杷食らふ汁は中指から垂れて

夏鶯片手でひよいと卵割る

六人に六匹の犬夏帽子

バンジョーのあつけらかんと夏の天
桜桃の甘しコントラバスのソロ

手相見の小さき机や夏の月

同窓に手品師もゐて氷柱花

生真面目は親譲りにて生ビール

起し絵や時は元禄十五年

影の濃き道でありけり赤蜻蛉

一山の頂までも竹は春

黄緑の蟷螂は好き茶は嫌ひ
ゐのこ草もとはもの書く人の家

父の名を忘れし母や稲の花

無花果や鶏舎入口開いたまま

無花果や鶏舎出口にたわわなり

秋の蜂首すつぽりと蕊の中

刃を入れて吸ひつかれけり八頭

糊効きし真白きシーツ竈馬

朝寒や昨日と同じ枝に鳥

撫子のピンクは曇り空に合ふ

爽波忌のライトブルーのインク壺

短日や猫はいつもの塀を行く

青空のすぐそこにあり冬紅葉

金色の猫の眼や神の留守

ややずれてイルカ五頭の飛ぶ時雨

中空で停まつてゐる虫枇杷の花

炉話の半分ほどは聞き流し

セーターが妊婦丸ごと包みけり

縄跳のもはや縄とはいへぬ音

枯葉飛ぶ野中に我の一人ゐて

大寒の放射線室明るくて

大甕の十ほど並ぶ寒九かな

みな違ふ目つきでありぬ小殿原

家系図や数の子の薄皮を剝ぐ

あやとりの赤き梯子や女正月

加湿器の音や夜中の独り言

恋猫に見え隠れする波の音

独活の香や滞りなく弛みなく

グローブの型のカステラ水温む

相撲絵の線やはらかく春の山

大きめに丸めて三つ草団子

東亜ロードゆつたりくだる三鬼の忌

東経百三十五度

主の頰の白く艶めく踏絵かな

クローバー編む術知らぬまま老いて

下駄箱に白き鼻緒や燕来る

あたたかに自転車のベル鳴りにけり

ほろほろとほろほろと咲く辛夷かな

釉薬はなめらかな黒ヒヤシンス

遠くともそばにある如桃の花
小女子を煮て居る母の足細く

老犬を老女かかへる薄暑かな

青葉木菟刷り師の丸き背中かな

未確認飛行物体源五郎

前開きの服脱ぐやうに蓮巻葉

蕗皮を剝くや明るき心にて
芍薬の一片の縁赤かりき

東経百三十五度杜鵑花咲く
本陣に筍きざむ音のして

海女小屋のトタンの錆や花水木

代掻くや波ゆるやかに従ひぬ

ため息を空へ放ちて蓮巻葉
グラジオラスピンクオレンジ赤黄色

左指たたんでをりし青蛙

蟇小学校の灯かな

形良き傘を広げし梅雨茸

物言はず先づ冷奴食うてをり

天牛のややさびついてゐるやうな

白濁の水晶体に沙羅の花

口の端で息継ぐ海鱸秋暑し

何気なく払へば子蟷螂ならむ

弁当の梨は二段目左端

どの角を曲がれどそこの虫時雨

鶏頭の種畳へと落つる音

椿の実髪黒々と染め上げて
椋鳥の群筆算は繰り上がる

言ひ訳をしてゐるやうな石榴の実

やや寒や飯椀の茶を飲み干せり

万年青の実幼き頃の名を呼ばれ
芋虫がみんな可愛く見ゆる日よ

秋さびし漣我へ我が方へ

緋毛氈横切つて行く秋の蟻

夕紅葉真白きノート広げをり

切支丹地蔵南天の実の紅し

冬鷗青き衣の使徒ヨハネ

物を皆出さねば出せぬ茎の桶

返り咲く蒲公英を見て教室へ

位牌持つ腕へとまれ散紅葉

弱光を集めて咲けり石蕗の花

大根を素肌のやうに洗ひけり

調律の打音冬の空が青い

吾の肩の薄くなりけり冬銀河

火事跡の教室の亀生きて有り

伊太利亜の色編みこめるカーディガン

霙降る桟橋に我佇めり

手焙やサンスクリット語の朱印

立春やホルン協奏曲かかる

水仙の家の主に話しかけ

朝まだきアキレス腱へ余寒かな

しだれ梅枝の先より夜が来る

午後四時のいぬのふぐりと太陽と

猫柳夕暮れのまたこの時が来て

皆死なぬやうな顔して猫柳

あたたかや一つづつ食む乳ボーロ

残る日々如何に如何にと青き踏む

むかうからゆつたりとくる春の昼
若緑のびなむとしてとがりけり

この星に生まれて生きて春の風

春の蠅乳白色の経本に

死ぬまでは生きると決めて花の下

それぞれに病のありて花杏

ほとほとと熱がこもれり雪柳

葉桜もまたよし外で顔洗ふ

空にだけ自分を見せて朴の花

いちはつを子規の目で見る日の来たる

たよりなき泥たよりなき身の田植

一口のゼリーほのほの溶けてゆく

モノクロの絵にのる光梅の雨

あきまへんもうかんにんな鱧の皮

灸据ゑる煙の向かふ金魚玉

岬から風の吹き来る夏座敷

出会ひより五十年レモンソーダ水

あとがき

一九八二年に教師になり、その後結婚をし子供も二人授かって生活が少し落ち着いてきたころに、小学校三年生の時に担任していただいた先生から「青」に誘っていただきました。

一九九〇年四月号より投句を始め、神戸の「あした葉句会」に出させていただくようになりました。ただ主宰の波多野爽波先生が亡くなられ、「青」は一九九一年十二月号をもって終刊になってしまいました。僅か一年九ヶ月だけの「青」同人でしたが、その間の句をこの句集の第一章「煮凝」にまとめました。

第二章「からくり人形」以降の句は、二〇二〇年「秋草」に入れていただいてからの四年間の句を一年ごとにまとめています。「青」から「秋草」までの三十年間は、まったく俳句に触れることがなく、また一からの出発となりましたが、再び「あした葉句会」に出させていただくようになり、現在に至っています。

本来なら、俳句の経験を十年以上積んで、自分なりに自分の句に自信が持てるようになってから句集を出せればと思っていました。しかし、二〇二四年の二月末に余命宣告を受け、「三ヶ月から半年の命」ということを聞き、急遽この句集を編むことになりました。ただ、私だけでは句集を出そうという決断はできなかったと思います。先ず、三十年以上共に暮らすパートナーの鍬田和見さんが
「句集を出そう。君の句全部に僕が絵を描いてあげる。」
と提案してくれたことが切掛けになりました。彼は句集をあまり見たことがないので、私は
「挿絵入りの句集は、あまり見たことがないわ。」
と笑っていました。俳句自体もまだまだ初心者の域を出ていない状態なので恥ずかしいという気持ちも拭えませんでした。でも、あした葉句会で山口昭男先生から
「僕も句集を出すことに賛成。挿絵もどんどん入れてもらったら良いと思うよ。」
と後押しをして頂き、やっと決断できた次第です。山口先生にはお願いして、この句集の序文も書いていただきました。本当に有難いことと感謝申し上げます。
さすがにこの句集のすべての句に絵をつけることはできませんでしたが、私のリクエストに応えて沢山の絵を描いてくれた和見さんにも本当に感謝しています。
そして、この俳句という十七音の定型詩に感謝しています。癌を宣告されてから

二度の手術と化学療法での痛みや苦しい副作用に耐えているときの心の支えに俳句がありました。ともすれば、心が折れてしまいそうなときに、山口昭男先生や波多野爽波先生、好きな俳人（田中裕明さん）の句集を読んで気を紛らわしたり、自ら俳句を作ったりすることが生きることの助けになりました。

死ぬまでは生きると決めて花の下

この句は、余命宣告をされてから、作った句です。つらくなった時、呪文のように唱えてがんばることができました。

他にもここには書き尽くせないほど、いろいろな方にお世話になりました。本当にありがとうございました。

二〇二四年　晩夏

小泉　和貴子

著者略歴

小泉　和貴子（こいずみ　わきこ）　本名　小泉　美和子

一九五八年　　神戸生まれ
一九九〇年　　「青」入会
一九九一年　　「青」終刊
二〇二〇年　　「秋草」入会

現住所　〒六五一―二二七四　神戸市西区竹の台二―六―一九

句集　あやとり

初版発行日　二〇二四年九月三十日
著　者　小泉和貴子
定　価　二二〇〇円
発行者　永田　淳
発行所　青磁社
京都市北区上賀茂豊田町四〇―一（〒六〇三―八〇四五）
電話　〇七五―七〇五―二八三八
振替　〇〇九四〇―二―一二四二二四
https://seijisya.com

装画・挿絵　鍬田和見
装　幀　濱崎実幸
印刷・製本　創栄図書印刷

ISBN978-4-86198-604-8 C0092 ¥2200E